어느 슈퍼우먼의 즐거운 감옥

황금알 시인선 169

어느 슈퍼우먼의 즐거운 감옥

초판발행일 | 2018년 4월 30일

지은이 | 김미옥
펴낸곳 | 도서출판 황금알
펴낸이 | 金永馥
선정위원 | 김영승 · 마종기 · 유안진 · 이수익
주간 | 김영탁
편집실장 | 조경숙
표지디자인 | 칼라박스
주소 | 03088 서울시 종로구 이화장2길 29-3, 104호(동숭동)
전화 | 02)2275-9171
팩스 | 02)2275-9172
이메일 | tibet21@hanmail.net
홈페이지 | http://goldegg21.com
출판등록 | 2003년 03월 26일(제300-2003-230호)

값은 뒤표지에 있습니다.

ISBN 979-11-86547-98-4-03810

충청북도
CHUNGCHEONGBUK-DO　　충북문화재단
Chungbuk Cultural Foundation

*이 책은 충청북도, 충북문화재단의 후원으로 발간되었습니다.
*이 도서의 국립중앙도서관 출판예정도서목록(CIP)은 서지정보유통지원시스템
　홈페이지(http://seoji.nl.go.kr)와 국가자료공동목록시스템(http://www.nl.
　go.kr/kolisnet)에서 이용하실 수 있습니다. (CIP제어번호 : CIP2018011868)

어느 슈퍼우먼의 즐거운 감옥

김미옥 시집

황금알

슈퍼마켓이 아니었다면
이 언어의 집을 지을 수 있었을까
내 것이 아니었던 내 것들과
결코, 내 것이 아닐 내 것들의 놀이터에서
내가 써 온 문장들은
내 안의 숨어있던 아우성일 수도 있다
그러나 갇힌 나에게도 환한 출구가 있어
옆구리쯤에서 조금씩 날개가 자라난다
나는 저 작고 누추한 출구를 놓치지 않고
잘 관찰할 것이다
날개가 자유로워질 때까지

슈퍼마켓에서
김미옥

차 례

1부

2부

3부

4부

1부

랄랄라

랄랄라, 비가 내려요 좋아서 그냥 좋아서 고양이 백오십 마리 그려진 우산을 쓰고 랄랄라, 골목길을, 골목길을, 랄랄라 백오십 마리 고양이들이 젖어요 검정 노랑 하양 얼룩으로 랄랄라, 고양이들은 가벼워 유리구슬처럼 미끄러지죠 백오십 아니 천오백 마리 고양이가 랄랄라 또르륵 또르륵 굴러내려 담장 아래 봉숭아 씨방을 툭툭 건드려요 랄랄라 검은 씨앗들이 와르르 달아나요, 랄랄라 빨강 하이힐을 신고 모퉁이를 돌아가요 골목이 텅 비었는데 랄랄라, 남양군도에서 태풍이 올라오고 랄랄라, 골목길은 미리 물바다, 물을 튀기며 오토바이 같은 시간이 랄랄라, 천오백 마리의 고양이들이 뽀얀 물보라로 날아가요 랄라라, 나팔꽃, 나팔꽃이 울타리를 만들고요 깜빡 백오십년이 날아가도 골목길은 끝나지 않고요 고장난 가로등이 대낮에도 고양이 눈을 하고 깜빡, 깜빡 깜빡

무

지난가을 이었던가? 그분은 투명비닐 한 겹 걸치고 우리집 베란다로 이사를 오셨지요, 그 후 그분, 거기서 무얼 하고 계셨는지 아무도 관심조차 없었죠. 추운 베란다 마을의 일이니까요 그리고 또 봄이 왔죠 어느 날 베란다 마을을 기웃거리는데 글쎄 그분이 정수리에 분노 같기도 절망 같기도 또 희망 같기도 아니 아니 어쩜 딱, 무의 이파리 같기도 한 푸른 싹을 내밀고 그 속에 또 한자나 되는 꽃대를 밀어 올리고 있지 않겠어요? 연보라 빛 꽃 한 송이를 피리어드처럼 피워 놓고! 얼마나 진을 빼셨는 지 작년에 걸치고 오신 비닐 옷이 헐렁해지도록 여위어 있었죠. 가까스로 벽에 기대어 서 계신 그분 어깨에 손을 얹자 그만 풀썩 주저앉아 버리셨지요. 보랏빛 꽃 이파리가 사방으로 흩어졌지요. 마지막 숨을 몰아쉬고 있는 그분의 발밑으로 쭈글쭈글한 저녁이 지나가고 계셨지요

러닝머신

가슴이 다 패인 옷을 입고 노란 운동화 신은
여자가 뛰고 있어요 엄마

천천히 걷다가
점점 **빨리** 걷다가
급기야 뛰기 시작해요 엄마

끊임없이 돌아가는 벨트 위에서
머리를 질끈 동여매고
누가 보거나 말거나
창밖의 배롱나무가 꽃을 피우거나 말거나
옆 벨트의 여자가 그 옆의 남자와 싸우거나 말거나

뛰고 있어요
헐떡거리고 있어요
출렁거리고 있어요
확확 달아오르고 있어요 엄마

목덜미를 번들거리며

땀에 흠뻑 젖으며
밑도 끝도 없는 저 검은 벨트에 끌려가고 있어요
뛰어도 뛰어도 거기가 거긴데 엄마

눈 깜빡할 사이

날, 벌레 한 마리가

눈, 앞에 날아다녀

손, 사래 쳐도 갔다가 또 와

깜, 빡, 날벌레

눈, 감았다 떴다 날

벌레, 보이지도 않는 엉뚱한 철학 같은 날

벌레, TV 속에서 방금 본 누떼 같은 날

벌레, 거실장 위의 마트로쉬카 인형 같은 날

벌레, 눈곱만 한 코끼리 같은 날

벌레, 스파티 필름 화분, 벽에 걸린 해바라기 시계같

이 보,

  보이지 않는, 날

  벌레, 당신 누구?

뻥

아파트 상가 앞 트럭위에 뻥튀기 기계 걸어놓고
젊은 부부가 뻥 뻥 뻥, 뻥을 튀기고 있네

아내는 베트남 여자네
그녀는 행복하게 해주겠다는 뻥을 믿고 왔네
뻥은 배가 부르지 않았네

트럭위에서 남편이 뻥 뻥 뻥, 뻥을 튀기고 있는 동안
그녀는 그 옆에서 쑥, 미나리, 민들레
봄을 한 소쿠리씩 팔고 있네

뻥과자처럼 고소하게 살려고
뻥과자처럼 가볍게 살려고
땅거미가 내릴 때까지 가로등 눈에 불이 켜질 때까지
뻥 뻥 뻥, 뻥을 튀기고 있네

산다는 건 뻥이 아니야
영산홍이 빨갛게 웃었네

장자봉을 오르다

길 하나가 산허리를 파먹고 있다 양의 창자처럼 구불
구불 이어진 길 한때는 아버지들이 도시락을 싸들고 밥
벌러 가던 길 수군거리며 누군가 지나간다 어느 날 석
탄을 실은 트럭이 철수 아버지를 깔아뭉개던 길 끝에는
텅 빈 장자광업소의 사택들이 있고 시멘트로 덮어버린
개울이 있다

바위틈을 뚫고 나온 소나무가 삐딱이 서 있는 길, 오
른다 탄이 되지 못한 돌들이 이리저리 굴러다닌다 가랑
잎 사이 노란 싹들의 정수리 안개의 손 같다 누가 모퉁
이를 돌아가는지 나무 사이로 옷자락이 어른거린다 두
런두런 말소리가 떠다닌다 헉헉거리며 한 걸음 두 걸음
오르는 길 사과 같은 것을 나누어 씹으며 오르는 길 노
란 생강나무 꽃 사이로 나비가 팔랑 사라지는 길 "저 모
퉁이만 돌면 돼, 힘내자!" 누군가 소리치는데 돌아보면
아무도 없는 길 멀리 장자봉이 보인다

장미

샤워를 하다가 문득 배꼽에 눈이 갑니다
꽃 이파리 같은 살들이 돌돌 말려 옴폭한 그 곳
장미 한 송이 같습니다

어느 자궁 속에서 열 달을 뿌리내린 장미 한 송이를
캄캄하고 긴 수로를 가까스로 벗어나 터트린 첫울음 같은
장미 한 송이를 이 조그맣고 깜깜한 장미 한 송이를 가만
가만 씻습니다
어디선가 젖내가 납니다

장미 한 송이에서 장미 한 송이로 유전流轉하는
장미, 당신 누구십니까?

찰칵! 1

나비가 앉으면 산수유가 피나
당신이 먼저 파랑
내려앉았나

한때 유행한 김치를 외치며 사진을 찍었나 간혹 웃기
느라 장다리도 불러냈나. 웃음을 달고 입꼬리를 올리면
그 짧은 순간을 견디지 못하고 가느다란 경련이 일어났
나 당신을 응시하다가 당신이 사라지는 사이 찰칵! 셔터
가 눌러졌나, 토끼 이빨은 잘 감춰졌나, 눈은 감지 않았
나 당신의 뒷모습은 순간포착이 좋겠지, 산수유에 내려
앉은 당신과 나의 이 즐거운 한판

어쩌겠어 내가 못난 것이 하루 이틀도 아니고
꽃의 입술까지 갔다 온 바람 같은 웃음이나
퍼즐처럼 끼워 맞추며. 찰칵!

비와 달 사이

밤과 낮 사이에 달이 떠 있다
보스포러스 해협이 사이와 사이를 풀어놓는다
유럽과 아시아를 잇는 다리 아래
이스탄불의 밤이 흐른다

다리를 건너 온 사람들
익숙하나 다른 공기를 신기하게 마신다
신시가지와 구시가지를 잇는 갈라타 대교
뭘 갈라 타라고?

식당에서 고등어 케밥과 라키
빵과 고등어를 먹는다
물탄 라키는 터키 국부가 사랑한 사자의 젖*
어두운 곳에서 먹는 술은 어디나 똑같다
술과 역사는 모두 취기를 앞세운다
취기 앞에서는 낮달이 보이지 않는다

누군가는 물담배의 내력을 들이키며
슬픈 생각들을 깨우고

블루 모스크를 배경으로 펼쳐지는 색색의 분수 쇼를
보며
하루를 지우고 있다.
솟구치는 물의 정수리에 달이 보인다
달과 물 사이로 비가 내린다

얼마나 멀리 있는가
얼마큼 떨어져 있는가

* 사자의 젖은 터키럼주 라키와 물 1:1 비율로 섞은 것을 말한다

23

12시

아! 파라다이스로 오래요
뭉클 안개가 피어오르고 폭죽이 터지고
오색 테이프가 날아다니는 그곳에서
왕자와 공주가 결혼식을 한다나요

콧노래를 부르며 옷을 골라요
이런! 개나리블라우스는 단추가 잠기지 않네요
이 이파리 투피스는 너무 싱싱해
유리 구두도 요술백도 어디 두었는지
띵동! 택배가 왔어요
천사가 보낸 날개 달린 원피스 일까요
그러면 나는 원피스 날개를 달고 날아오르겠죠
거리에는 사람들이 퐁퐁 봄 향기 풍기겠죠
랄랄라 랄랄라
콧노래를 부르며 나는 그곳으로 가요
햇빛은 굴렁쇠처럼 빙글거리고

빨간 카펫이 깔린 구름 계단을 올라가요
어서 오세요 인사하는 문을 지나

날개를 살랑거리며 나는 올라가요
사람들은 껴안고 악수하고 깔깔거리고
아! 파라다이스는 오늘도 만원이고요

* 신데렐라 풍으로

왼쪽

그녀가 전화했다
버스에서 내리면 왼쪽의 택시 승강장에서 기다리라고

나는 지금 왼쪽을 향해서 간다
왼쪽의 한 귀퉁이에는 택시들이 줄지어 있다
금방, 왼쪽에서 생겨난 오른쪽처럼
그녀를 기다린다

나의 왼쪽으로
아이를 품은 캥거루가 간다 깔깔깔 짧은 치마들의 수
다가 간다 가로수를 흔들며 바람이 간다 뭐라뭐라 지껄
이며 젊은 핸드폰이 간다 붉은 신호를 기다리고 있는 차
들의 행렬이 늘었다 줄었다 한다

나는 왼쪽의 경계 밖에서 시계를 본다
무궁화 꽃이 피었습니다
술래가 된 계집아이처럼 머리카락 한 올 보이지 않는
그녀

그녀에게서 또 전화가 왔다
도대체 어딨어!
택시 승강장 맨 앞쪽 신세계 앞
新世界라고?

차들이 무섭게 질주한다
신세계는 왼쪽인가
오른쪽인가

팬텀phantom

아침 6시 빠라빠~ 요란하게 팬텀이 울리네 팬텀이 끄
댕이 당기네 그 여자, 주방으로 끌려가네 밥 하고 찌개
끓이고, 졸음을 마늘로 짓이기네 졸음으로 시금치를 무
치고 김치를 써네

빠라빠 팬텀이 또 울리네 팬텀에 끌려 그 여자의 아이
들 욕실로 들어가네 팬텀에 끌려 끄는 슬리퍼 소리, 흐
르는 물소리 양치질 소리, 헤어드라이어 소리, 팬텀에
끌려 소리들이 흘러가네

빠라빠 팬텀에 끌려 그 여자의 남자 냉장고 문을 여네
벌컥벌컥 냉수를 마시네 팬텀에 끌려 식탁에 아침이 차
려지고 팬텀에 끌려 식구들이 밥을 먹는 동안 탠텀이 더
이상 울리지 않네 누군가 아침 햇살 창에 척 붙이고 가
네

아침이다

소녀가 언덕을 지나 논둑길을 가는 아침이다 풀들이 이슬을 머금고 있는 아침이다 둑을 따라 봇도랑 물이 흘러가는 아침이다 다래끼를 멘 엄마를 앞질러 가는 아이 같은, 아침이다 마구 자란 풀들이 발목을 휘감는 아침이다 발끝에서 산산이 부서지는 아침이다 "조심해" 엄마의 말이 허공으로 날아가는 아침이다 풀숲으로 뱀 한 마리 기어가는 아침이다 무작정 앞으로 달리는 뱀 같은 아침이다

이 이상한 경주를 바라보는 풀들의 아침이다

장

골라! 골라! 옷 전을 지나면
천원 땡 만물상 지나면
한 소쿠리에 천원인 봄이 화냥내 풍기는 야채전을 지
나면
멍게 해삼 새우젓 오징어들의 좌판을 지나면
마른 바다를 수북수북 담아놓은 건어물전에 이른다

어느 해협의 물결을 무늬로 지니고
제 바다의 밖에서 조금씩 몸을 줄이는 어족들이
송곳 같은 햇볕에 제 숨을 내주고 있다
생기가 비린내로 돌아가는 이상한 북새통 속이다

아무리 가만히 보아도
멸치만 한 바다
넙치만 한 바다
갈치만 한 바다
놀래미만 한 바다
일제히 모로 누운 채 곁눈질을 하고 있다

검은 비닐봉지에 이승에서 죽은 바다를 사들고
사람들은 다시,
마른 바다를 수북수북 담아놓은 저승 같은 건어물전을
지나
멍게 해삼 새우젓 오징어들의 좌판을 지나
한 소쿠리에 천원인 봄이 몸내 풍기는 야채전을 지나
천원 땡 만물상 지나
골라! 골라! 옷전을 지나

간다

봄, 고라니

그 비스듬한 언덕 위의 개나리 덤불 아래 있었죠
앞쪽 빈집에서 두런두런 소리가 들렸어요

한 여자는 시커먼 식칼을 들었고요
또 한 여자는 허연 과도를 들었고요

여자들은 민들레 망초 원추리 쑥
어리디어린 것들의 중심을 싹둑 잘라선
봄 망태기에 담고 있었죠

햇볕은 지천으로 퍼부었어요
여자들 제가끔 밭둑을 자르고 뿌리를 캐내느라
얼굴에 흙 튀고 풀물이 베어도 아랑곳 없었죠
고삐 풀린 망아지였죠

그중 한 여자가 슬금슬금 내 쪽으로 걸어왔지요
무심한 여자의 눈과 내 눈이 딱 마주쳤어요

중심이 없는데 노란 개나리꽃이 우수수 떨어졌고요

나는 황급히 언덕 위로 도망을 쳤고요
칼을 든 그 여자들은 아무 일 없었다는 듯
언덕을 내려갔고요

꽃철

아파트 돌계단 사이에 영산홍이 빨갛게 피었는데
그 맞은편 울타리에 노인들 사진이 벽보처럼 걸렸는데

그 사진
어느 선거 홍보원이 찍어 준 거라는데
그 모습 각양각색이다

고개를 쳐들고 있는 노인 고개를 숙인 노인
손으로 입을 가린 노인
손톱을 만지작거리는 노인
머리를 긁적이는 노인

그들을 배경으로 "민주주의 꽃은 선거다" 찍혔는데
 벽보 대신 내걸린 노인들 건너편 영산홍만 바라보고
있는데
 사람들 무심하게 노인들을 훑고 지나가는데
 꽃철이 지나가는데

2부

새마을 지하 슈퍼

널따란 당근밭이었는데요
당근들이 줄지어 서 있었는데요
당근들이 가방을 메고 어딘가로 몰려가고 있었는데요
한 당근이 휙 돌아보며
어이 당근! 빨리 따라와
부르지 않겠어요?
나?
부지불식간 당근 걸음으로 따라갔는데요
전속력으로 걸어도 다른 당근들보다 자꾸 뒤처지지 뭐
예요
가방은 무겁고
열어보면 백지만 잔뜩 들었는데요
쏟아버리면 채워지고 쏟아버리면 채워지고……
애꿎은 백지만 자꾸 불어나는데요
백지가 내 발목을 덮고 무릎을 덮고 허리를 덮고 가슴
을 덮고
목까지 차올랐는데요
그때 그 발끝에서 얼굴까지 불과 몇 초였는지
천지가 당근이었는데요

소리를 질러도 당근은 입만 벙긋거리는데요
어떤 손이 나의 푸르른 머리채를 휙 잡고 마구 흔들지
않겠어요?

엄마, 당근 어딨어?

반성反省

나는 시를 쓰고 있다
시인지 아닌지도 모르는 것들을
시인지 아닌지도 모르면서 쓰고 있다
반지하 슈퍼마켓 계산대에 앉아 시를 쓰는 나는
누가 계단을 내려오는지 올라가는지도 모르는 나는
아아, 시를 쓰고 있다
안녕하세요 모자 쓴 여자가 출입문을 밀고 들어온다
아아, 어서 오세요
나는 웃었던가 고개를 까딱했던가 그러나
아아, 나는 시를 쓰고 있다
여자의 얼굴에서 순간 웃음이 사라졌던가
볼펜을 얼른 놓고 일어나며 나는 다시 어서 오세요 했
던가
(콩나물 주세요!) 가시가 돋친 말이 날아왔던가
나는 죄 없는 콩나물 대가리를 움켜잡고 뽑으면서
내가 왜 이러지, 미쳤군, 아아 안녕히 가세요 했던가
여자는 웃지도 않고 돌아갔던가
누가 들어와도 나가도 가게 안을 다 돌아다녀도
아아, 나는 시를 쓰고 있다

계란, 두부, 오이, 상추, 삼겹살, 콩나물값을 계산하다
가도
　아아, 나는 시를 쓰고 있다
　아아, 안녕히 가세요
　형광등 불빛 아래 다듬지 못한 야채가 시들어가도
　과일이 짓물러 터져도 바닥에 쓰레기가 산더미로 쌓여도
　그것들이 다 시라 생각하며
　아아, 나는 시를 쓰고 있다.

애드벌룬

껌을 진열한다
애드벌룬 하나 떠오른다

애드벌룬 빨간
애드벌룬 초록
애드벌룬 노란
애드벌룬 하늘
애드벌룬을 씹는다
새콤달콤한 애드벌룬 맛이 으깨진다 뭉친다
애드벌룬에 이빨 자국이 짝짝 찍힌다
애드벌룬을 둥글게 말아 불어본다
훅, 애드벌룬 하나가 태어난다

애드벌룬!
가만히 이빨로 잡고 혀를 내밀어 공기를 천천히 불면
조금씩 조금씩 부풀어 오르는 것

애드벌룬!
둥둥 떠오르다가 펑! 터지는 것

애드벌룬!
바람 빠지면 순식간에 얼굴을 덮어버리는 것
달콤하게 숨통을 막는 것
결국 터지고 마는 것

아아, 그러나 씹을수록 말랑거리는
달콤새콤한 이 거짓말
애드벌룬!

근대냐 시금치냐

아이들이 소풍 가는 전날 저녁 새한마트에는
김밥 재료로 시금치가 동이 나는 데요
분홍모자가 청바지가 악어 가방이…… 모두 몰려와
시금치를 떨이해 간 뒤
단발머리가 킬힐 한 켤레가
―오늘 시금치는 실하네
하며 근대를 집어 오기도 했는데요

근대가 뭔지 모르는 그녀들
근대가 시금치인 줄 알고 집어 온 것인데요
근대 입장에서 보면 얼마나 황당했을까요
시금치의 입장은 또 어떻고요
시금치가 근대인지 근대가 시금치인지도 모르는
이 시대의 서른들이 지하마트를 어슬렁거리는데요

글쎄 주인 입장에서는 무얼 팔든 파는 건 마찬가지라
근대냐 시금치냐 따질 일도 아니지만요
염려스러운 것은 근대를 삶아 김밥 속에 넣는 아침이
지요

그런 쓸데없는 걱정이 더 걱정이라고 하시면
뭐 할 말 없지만요

새한마트 오후 4시

첫 번째 손님이 콩나물을 사갔다.
두 번째 손님이 돼지고기를 사갔다
세 번째 손님이 상추를 사갔다

.

.

스물한 번째 손님이 콩나물을 사갔다.
스물두 번째 손님이 죽은 닭을 사갔다
스물세 번째 손님이 감자를 사갔다

.

.

일흔두 번째 손님이 콩나물을 사갔다.
일흔세 번째 손님이 참외를 사갔다

‘

‘

백다섯 번째 손님이 콩나물을 사갔다.
백여섯 번째 손님이 방울토마토를 사갔다

.

.

이백서른세 번째 손님이 콩나물을 사러 왔으나
이백서른네 번째 할머니가 또 콩나물을 사러 왔으나

이제 콩나물은 없다
콩나물시루는 빈 시루다

몇 번째 손님인지 또 콩나물을 찾는다
"도대체 어따 정신을 팔고 콩나물을 그렇게 적게 들인
거야"

남편은 돼지고기를 송곳처럼 썰어 대며 투덜거리고
그녀는 종이컵에 일회용 커피를 쏟는다
커피 물이 펄펄 끓는다
콩나물은 없다

질문과 대답 사이

TV 동물의 왕국을 보며 그녀가 말한다
—점심에는 오징어볶음이나 해 먹을까?

어미 곰이 강 가운데서 연어를 잡고 있다
—오징어볶음 어때?

형광등 불빛이 파르르 떨리는데
첨벙! 곰이 막 연어 한 마리 낚아채고 있는데
파리 한 마리가 TV 위에 앉아서 앞발을 싹싹 비비고
있는데

—오징어볶음 싫어?
따르릉 전화벨이 울리는데
곰은 펄떡거리는 연어를 물어뜯고 있는데

그녀, 초코바 하나를 쭉 찢어 물며
—뭐 다른 거 해 먹을까?
묻는데, 남편은 수화기를 놓고 선풍기를 약에서 강으
로 바꾸며

—알아서 하지 뭘 자꾸 물어봐

퉁명스레 던지는데,

그녀는 계산을 하고 남편은 TV 위에 앉은 파리를 잡고

곰은 새끼 둘을 데리고 밀림 속으로 사라지고 TV 속
의 강은

TV 속의 강으로 계속 흘러가는데

슈퍼맨들 회의

슈퍼맨들이 식당 불판에 둘러앉아 회의를 한다
(논제, 대형 매장에 대응하는 방법)
새한슈퍼 A사장
건달을 채용하면 안 될까
카드를 남용하도록 만들어야지

모닝슈퍼 B사장
아니 대형매장에는 없는 걸 팔아야지
곰쓸개 비아그라 뭐 그런

낙원슈퍼 C사장
매상을 올리려면 외상을 주어야 해
닭 잡아먹고 오리발 내미는 게 문제지만

소망슈퍼 D사장
원산지가 뭐 말라 비틀어진 거야
미국산 쇠고기는 안 된다고? 미국산은 지구산 아닌가

희망슈퍼 E사장

슈퍼는 슈퍼, 대형 매장은 대형 매장이지
우리는 슈퍼맨이야!

회의는 길어지고
삼겹살은 까맣게 타고
소주병은 자꾸 늘어나고

오늘은 오늘이고 내일은 내일이고
다음에 또 모이는 게 어때?
그래 그것이 좋겠어
똥파리 한 마리가 날아다니는
똥파리 같은 세상이 윙윙거리는
식당홀

슈퍼우먼

노련하게 돈을 셀 줄 아는 그녀는
사실 시간을 세고 있다
착, 착 시간이 넘어가는 찰나마다
과일의 몸값이
야채의 몸값이
생선의 몸값이 과거로 넘어간다

매일 들어오는 신문은
읽기보다는 물건을 말아 싸는데 소용되지만
말린 신문지 활자에서 현재가 쏟아진다

어두일미라는 말이 무색하게
토막 난 생선대가리는
프랑스에서 건너온 가짜 향수와 섞여
독특한 슈퍼 냄새를 만들어낸다

갖고 싶은 것 죄다 쌓아두고
먹고 싶은 것 죄다 내어주고
소머즈도 오즈의 마법사도 부러울 것 없는 그녀지만

슈퍼를 나서는 순간 깜빡 마법이 사라져 버려서
그녀는 늘 검은 안경을 쓴다

손에 든 가방 속에서 단테와 라캉이
숨죽이고 또 다른 그녀를 만들어 내고 있어도
그녀는 여전히 슈퍼우먼이다

랩

매일 반지하 마트로 출근하는 그녀가
가장 먼저 하는 일은
앞치마로 자신을 포장하는 일
그 다음은 그날의 팔 물건들을 포장하는 일

오이를 랩으로 포장하고
가지를 랩으로 포장하고
부추를 랩으로 포장하고
호박을 랩으로 포장하고
아욱을 랩으로 포장하고
버섯을 랩으로 포장하고 디바디바디비디바

왜 포장된 것들은 하나같이 반짝거리는가
가지가지 옷으로 포장된 사람들이
포장된 것들을 봉투에 담아 간다
그녀는 포장한 얼굴을 들키지 않으려고
웃음으로 말갛게 포장한다

밤낮 형광빛으로 포장된
그 반지하 마트

돼지머리

정육점 한쪽
뜨거운 물이 설설 끓고 있다
탁자 위에 놓인 날선 것들
칼, 육절기, 파설기,……들이
시퍼렇게 죽음을 기다리고 있다
행거에 걸려있는 돼지머리들이
뜨거운 물에 씻겨서 털이 밀려
홍등 아래 선홍색으로 웃고 있다

누가 알았으랴!
꿀꿀거리던 저 돼지가
고사상 한가운데서 빙그레 웃을 줄
그 앞에 구차한 삶들이 넙죽넙죽 절하며
지갑을 열고 있다
푸른 지폐 가득 물고 있는 저!
웃고 있는 돼지머리들
그래 몸에서 목 하나쯤 떨어져 나가야
신분 상승이 되는 거라고

숨바꼭질

하나아, 두우울, 세에엣, 네에엣……
계단을 세며 내려오는 할머니와 아이

할머니는 매장 안쪽 식품 코너로 가고
아이는 슬금슬금 과자 코너로 간다

할머니가 찬거리를 들고 두리번거린다
숨어있던 아이가
"지민이 요깃지" 하며 폴짝 뛰어나온다

이번에는 아이가 "지민이 어딨게" 하며
두 손으로 제 눈을 가린다
할머니는 보이는 지민이를 보이지 않는 듯 찾는다

아이가 까르르 웃으며
"지민이 요깃지" 손바닥 밖으로 나온다
아이는 손바닥으로 완벽하게
숨었다 나왔다를 반복한다
할머니와 지민이는 보아도 보이지 않는 술래

하나아, 두우울, 세에엣, 네에엣……
보이는 할머니가 보이지 않는 할머니가
보이는 지민이가 보이지 않는 지민이가
함께 사라진다

가만있는데 왜 지랄들이

야!
슈퍼 아줌마는 시 쓰고 책 보는 것도 허가 내야 하는
거야
슈퍼 아줌마는 그저 시든 야채나 다듬고
슈퍼 아줌마는 그저 생선 대가리나 자르고
슈퍼 아줌마는 그저 털 없는 닭이나 토막 내고
슈퍼 아줌마는 그저 과일 탑이나 쌓고
슈퍼 아줌마는 그저 시계바늘같이 하루를 돌고 돌고

슈퍼 아줌마다운 게 도대체 뭔데?
당신들께 밥을 달랬나 떡을 달랬나 서방을 빌려 달랬나
네거리에서 홀랑 벗고 춤을 추었나 돈을 떼 먹었나
어디 쑥덕거려봐!
오줌발을 확 날려 줄 테야

허공에 펄럭이던 다 찢어진 깃발 같고
배고픈 일개미 같은 슈퍼 아줌마지만
리스본행 야간열차의 주인공처럼 정부와 함께 어디론가
훌쩍 떠나고도 싶은 슈퍼 아줌마지만

56

단풍 구경 가듯 책도 읽고 싶고
도대체 당할 재간이 없는 젊은 시인들을
책 속에서라도 기웃거려 보고 싶은데

당신들, 번개처럼 달려와 고무줄 끊어버리는 머슴애들
같이 굴지 말고
나 좀 봐 주면 안 돼?
당신들이 방해하지 않아도
나 스스로 방해꾼이 되고 있는데

슈퍼 아줌마는 슈퍼 아줌마처럼 중얼거리며
모퉁이 하나를 통과하고 있다

캄캄한 바코드

정전이다

컴퓨터가 캄캄
포스기가 캄캄
바코드 스캐너가 캄캄
TV가 캄캄
쌓여있는 물건들이 캄캄
캄캄함만 환하다

촛불을 켠다
그림자들이 아메바처럼 흐른다
검은 파도가 일렁인다
넙치 같은 파도가 참치 같은 파도를 물고 온다
멸치 같은 파도가 동태 같은 파도를 물고 온다
새우 같은 사람파도가 명태 같은 파도를 물고 온다

작은 기미에도 그림자는 크게 출렁거린다
물고기들만 조용조용 헤엄쳐 다니는 밤 아홉 시의 심해
캄캄한 바코드의 속이다

우렁이

난전에서 저녁 국거리 우렁이 한 봉 사왔다
검은 비닐봉지 안에서 그것들이 꼬물거린다
물속에서만 살던 것이 물 밖에서
꼼지락꼼지락 뒤척이며 물의 바깥을 읽는다

이따금 우렁이를 들고 와 소주 한 병 바꾸어 가던 한
남자 떠오른다
늘 잠에서 덜 깬 것 같던 그 남자
안에 고여 있지 못한 세상에서 벗어나지 못한 그가
보이지 않는 그물에 걸린 것일까
그 남자 죽었다는 소문을 오늘 들었다

렌지 위에서 소문처럼 우렁이 국이 끓는다
우리 식구는 둘러앉아 국을 먹는다
땀을 뻘뻘 흘리며 어 시원타 시원타 하며 먹는다
신문지 위에는 영문 모르고 죽은 우렁이
껍질이 수북하다

팔고

할머니 한 분 마트로 들어오시고
동전을 계산대에 좌르르륵 쏟으시고
천천히 탑을 쌓기 시작하시고

나는 삐약삐약 신발에게 쭈쭈바와 막대사탕 파시고
커플링 낀 손에 초콜릿 껌 파시고

할머니. 세 번째 탑을 쌓으시고
나는 분홍손톱에게 오징어채 한 봉 파시고
곱슬머리에게 황금색 염색약 파시고

할머니. 일곱 번째 탑 쌓으시고
나는 밀짚모자에게 목장갑 파시고
벌건 고무장갑 낀 손에 락스와 세제를 파시고

할머니. 열 번째 탑 쌓는 중이시고
나는 뽀글파마에게 대파, 양파, 오이, 시금치 파시고
털 없는 닭을 파시고

할머니, 열세 번째 탑을 쌓으시고
양주는 외상이 안 돼요 나는 한 손님과 실랑이 하시고

할머니, 드디어 탑 다 쌓으시고
공든 탑 열다섯 남은 것이 셋,
합이 일천오백삼십 원

할머니, 콩나물 한 봉지 두부 한 모 들고 가시고
나는 할머니의 탑들을 와르르 금고 속에 쏟으시고

문 밖의 시간

"영광굴비 특가 쎄일!"
새한마트 옆 골목에서 확성기가 소리치고 있다

비린내 풍기는 영광 어디쯤일까?
줄줄이 엮여서 상자에 매장된 죽음들이
길바닥에 진열되어 있다
사내는 죽은 바다를 펼쳐놓고 흥정하고 있다
"영광굴비 스무 마리 만원"

냉장차 안에는
어제 죽은 바다 오늘 죽은 바다
이제 막 숨을 거두는 바다와
아직도 할딱이는 바다들이 섞여 있다
죽음에도 신선도가 매겨지고 쉽게 밀봉되지 않는 이곳
비린내가 뒤척인다
저녁노을 속에서 죽은 바다들이 거래되고
죽음이 영광인 바다가 거래되고

동태

도마 위에 그가 누워 있다
아니 도마가 그를 받들고 있다
그는 움직임이 없다
두 개의 지느러미가 있는 그
　아니 자세히 보면 세 개의 지느러미와　삼각형의 꼬리
가 있는 그
　아니 다리도 날개도 없이 문득 와서
흐릿하게 나를 보고 있는 그
　흐린 눈
　좁은 이마
　불룩한 배
　전신으로
형광등 불빛을 보고 쌓인 과일들을 보고
그 앞에 식칼을 들고 선 나를 보고 있는 그는
딱딱한 몸속에 석고 같은 알들을 숨기고 있다
아직 비린내를 간직하고 있는 그에게서
지나간 바다 냄새가 난다

사계절, 세탁소

사계절, 세탁소에는요
사계절, 다리미가 뜨거운데요
사계절, 선풍기가 비누 냄새를 말리고
사계절, 빨래가 펄럭이고
사계절, 건너편 교회에서 찬송가 소리가 새 나오고
사계절, 검정고양이 한 마리 귀 쫑긋 세우고
사계절, 빨래들이 펄럭펄럭 허공을 흔드는데요

사계절, 세탁소 주인은요
사계절, 사철에 봄바람 불어 잇고~~쿵작쿵작 발장단
        을 맞추며
        사철에 봄바람을 탁탁 털어 뉘어 놓고
        그 위에 칙칙 물을 뿌리고 다림질을 하는데요

사계절, 세탁소 천장에는요
        또와분식 새한문구 신데렐라, 미용실
        2동 305호 3동 602호 5동 706호
        암호 같은 이름표들 단 옷들이 비닐에 싸여
        빽빽한데요

지금 사계절세탁소 주인은요 다림질 마친 블라우스를
　　　천장에 걸며
　　　흥얼흥얼
　　　저 높은 곳…향하여… 나아가는 중인데요
　　　내 뜻과 정…모두어…나아가는 중인데요
　　　고개가 천장을 향할 때마다
　　　찬송가는 자꾸 끊어지는데요

한 여자가 철 지난 옷을 한 아름 안고 들어오고요
한 남자가 미니스커트를 찾아가고요
거리에 문득 가로등에 켜지는데요

거울

새한마트 앞 인도에 수거 딱지 붙인
거울 같은 것이 하나 있다 치면

평생 베끼는 일만 했는지
새 소망교회 십자가 베끼다가
새싹 어린이집 버스 베끼다가
수다 떠는 아줌마들을 베끼다가
깔깔대는 여자아이 서넛 베끼다가
분식집 남씨가 빵틀에서 낚아 올리는 붕어를 베끼고
있는
금간 거울 같은 것이 있다 치면

더 올라갈 곳 없는 교복치마와
어른이면 다야?
대드는 피도 안 마른 까까머리와
뭘 봐? 사람 첨 봐?
모자 삐딱하게 쓴 취객과 그의 손에 든 소주병들이
꿈처럼 들어왔다 사라지는
거울 같은 것이 있다 치면

어느 날 수거차가 와서 싣고 갈지 모르는
거울 같은 것이 있다 치면

3부

무지개아파트

엄마는 10년째 무지개아파트에 산다
무지개 안밖에 모르는 엄마는 치매다

동서울에 내려서 중계동까지
전철을 탈까 버스를 탈까

—나 지금 성수 사거리예요 두 시까지 갈 거예요
성수사거리는 서로 다른 무지개로 붐빈다
8차선 도로 위 2시 사이로 차들이 달린다
금방 탄 택시의 미터기가 5,000원을 가리킨다
철벽을 타고 오르며 능소화가 피어 있다
하루에도 몇 번씩 과거와 현재를 오가는 엄마 생각하
는데 7,000원
구름을 붙들고 있는 애드벌룬을 보는데 9,000원
택시는 이제 강변대로를 달린다
—밥은 먹었나 오빠야, 통화하는데 12,000원

건너편 차선의 차들이 가다 서다를 반복하고 있다
14,000원에서 차는 붉은 신호에 잡혔다

저만치 무지개아파트가 보인다
입구를 찾지 못하고 빙빙 도는데
16,000원, 18,000원 무지개는 자꾸 올라간다
나무와 나무 사이 무지개가 보인다, 사라진다

즐거운 잔칫집

　사람들을 불러 모아 마지막 잔치를 벌였어요 생전처음 오직 어머니만을 위한 잔치였죠 우리는 잠자리 날개 같은 검정 옷을 단체로 맞추어 입고요 머리에는 검은 공단 리본을 꽂고요 울어머니 주머니 없는 새 옷으로 갈아입고 병풍 뒤로 가서는 조용히 눕고요 모였던 사람들 아이고 아이고 장단 맞추었고요 꽃다발 자꾸 쌓이고요 촛불 밤새 켜지고요 훈장처럼 근조謹弔 리본을 단 화환들 복도 가득 줄을 서고요 신발이 신발 위에서 덤블링을 하고요 어머니 숨은 병풍 앞에는 사과 배 밤 온갖 과일들 단을 쌓고요 흰 국화꽃 지천으로 흐드러지고요 어느 사이 사진틀 속으로 들어간 어머니 흡족한 듯 웃고요 늦게 도착한 막내딸 폭죽 같은 울음 터뜨리고요 사람들 공연히 공손해져서는 모르는 이에도 술잔 권하고요 흰 봉투가 비밀스럽게 오고 가고요 잔치 분위기 무르익고요 한 무리의 사람들 몰려와 신나게 찬송 부르고요 며칠 후 며칠 후 요단강 건너가 만나자는데 아, 오늘이 며칠인지, 흰 구름처럼 모였다 흩어지는 저이들이 대체 누군지 난 아무래도 알 수 없고요

줄타기

한 사내가 한 가닥 줄에 매달려
층층의 아파트 벽을 칠하고 있다
긴 꼬리 달린 도마뱀 같은 그
가로로 이동할 때마다 늘어진 꼬리가 허공을 휘젓는다
까마득한 수직의
저 능선을 아슬아슬 건너는 것이 생이라면
생이란 얼마나 하염없는 절벽인가

한층 내려설 때마다
꼬리가 한층 만큼 짧아진다
자꾸 짧아지는 꼬리를 흔들며
그의 줄타기는 무아지경
내려 가야 할 벽 아직 아득한데 문득
절벽이 불콰하게 기울고 있다

보신다

사십구제가 지난 어머니의 방
고요하다

액자 속으로 들어간 어머니
액자 밖을 보신다

침대 위에 떠 있는 햇살 한 자락
그 속의 숨어 있는 먼지 덩어리들 보신다

벽에서 정지된 2010년 10월
저 혼자 가고 있는 시계를 보신다

닫힌 장롱 속을 보신다
텅 빈 농 속에 낡고 늘어진 꽃무늬 팬티 보신다

액자 속의 어머니 서랍을 여신다
화투, 옻, 손톱깎이, 낡은 수첩, 천수경 한 권,
관절약, 혈압약, 간장약, 보청기…… 보신다

74

보신다 문갑 위에 놓인 삼성 아트비전 18인치
스위치를 누르면 지지직 지직 껌뻑이다가
선심 쓰듯 일일 드라마를 꺼내 놓던 그것

보신다, 다 보신다
아아, 그러나 고요하시다

결사적으로

저만치서 버스가 온다
가로수 몇 그루를 사이에 두고, 할머니
마음만 급하시다
버스가 멈추고
아이를 앞세운 젊은 여자가 타는데
할머니 가슴 불쑥 내밀고
양팔을 노 젓듯 흔들며 달리신다

결사적으로
가로수 하나가 지나갔다 결사적으로
가로수 하나가 다가온다

노랑머리 아가씨를 태운 버스는 부릉부릉 재촉하는데
결사적으로, 낡은 배 한 척 또 한 그루 가로수 지났다
턱까지 차는 숨을 고를 여가도 없이 한 청년이 타고
버스는 출발,
버스는 멀어지고
달리다 멈춘 배 헐떡이다 침몰한다
결사적으로

동백 아가씨

구십 줄에 처음 써보는 가나다라가
왜 그리 더듬거리는지
아무리 침 발라 꾹꾹 눌러써도
연필심만 문드러지네

컴퓨터 자판 두드리는 손자에게
"아가 이거 맞냐?"
힐끗 눈길 돌리며 손자가 되묻네
"할머니 동백 아가씨가 뭐에요?"
"이미자 동백 아가씨도 몰러!"

노래교실에서 받은 동백 아가씨 가사
베껴 쓰고 또 베껴 쓰는데
동자와 백자가 너무 멀어서
아, 가, 씨, 가 다 늙어버리겠네

장마

당신의 흙집은 안녕하신가요 아버지
몇 며칠 쉴 새 없이 비가 내리고
울타리 위의 장미들이 목을 꺾고
이파리들이 혓바닥 빼물고
배롱나무가 무더기무더기 꽃을 피우고
나리꽃이 문득 등을 켜들고 아버지
비는 이리 당신에게 또 다른 계절을 주네요

남편 잃고 아이 잃고 생목숨 끊었다는
지난 봄날의 여자가 떠내려오네요
사방천지 물바다고요
시간을 잔뜩 먹은 벽에는 곰팡이 꽃이 만발이구요
하수구는 울컥울컥 시취를 토해내는데 아버지
저 피도
뼈도
살도
온통 물인 것들은
대체 어디에서 저리 쏟아져
오는 걸까요 아버지

울음

흙이라곤 없는 도심 속 어디에 새가 살고 있나
호르르 또르르 노랫소리 들린다

긴 부리 아래
목울대 출렁이는 소리다
무너진 산허리 흙 벼랑에 둥지 짓고
드나들던 그 새소리다

눈 섶이 가늘게 떨린다
청호반새, 큰유리새…… 사방에 새들의 울음소리
아니 노랫소리

그것들

가로수 사이 그것들이 서 있다
길쭉한 몸통을 땅에 우뚝 박고
뿌리의 끝은 보이지 않는다
눈으로 쭈~욱 따라 올라가 본다
아득히 위쪽, 굵고 가는 줄들이 그것의 양 귀를 당기
고 있다
얼기설기한 줄들이 허공을 흔들고 있다
그 위에 새들이 악보처럼 앉았다 간다

허리춤에 드럼만 한 통을 달고 있다
아랫도리에는 광고전단 같은 것들을 덕지덕지 붙이고
있는 그것

강아지를 찾습니다 푸들 검은색 사례비 : 백만 원
할머니를 찾습니다 나이 89세 이름 : 이복남
짧은 커트 머리 꽃무늬 몸빼바지를 입었음 사례비 :
오십만 원
경고! 쓰레기를 버리지 마세요……

바람 세찬 날은
그것들 윙윙 운다
우워우워 허공도 따라 운다

스파티 필름

나, 콜롬비아에서 왔다
나, 천남성과다
나, 그늘에서 더 싱싱하다

나, 물만 먹어도 산다
나, 혼자 있어도 시퍼렇다
나, 화분만 한 세상에서 잎 틔우고 식구 늘린다

이따금 누군가 탄식처럼
아! "스파티 필름" 하고 부른다

헌상현상

창고에서 먼지를 뽀얗게 뒤집어쓴 상
거미줄이 다리를 칭칭 동여매고 있는 상
곰팡이가 퍼렇게 핀 상
군데군데 칠이 벗겨진 상
바닥이 거북 등짝처럼 갈라진 상
못이 박혀있는 사각 모서리에 유난히 상처가 많은 상
자세히 보면 허리둘레에 봉 같기도 학 같기도 한 새가
날개를 펴고 있는 상
소나무 한그루 새겨있고 노루 한 마리 먼 곳을 바라보
는 상
손으로 스윽 쓰다듬어 보면
삐그덕삐그덕 앓는 소리가 나는 상
거미줄을 걸러내고 곰팡이를 닦아내면 아직 쓸만한 상

내가 이 녘으로 올 때
가지고 오기도 한 상

한라 비발디

108동 804호 바람머리 집으로

801호 구름머리 702호 파도머리 301호 번개머리가 모였어요

구름머리가 둥둥 배추를 씻으며 말했어요

—501호 귀머거리 할머니 말이야 강남 사는 큰아들 집에 가셨다며?

파도머리가 쪽파를 다듬으며 말했어요

—그 할머니 조금 아까 택시에서 내리는 거 봤는데?

무를 채 썰며 번개머리가 말했어요

—809호 할머니도 손자가 보고 싶은지 아들집에 자주 가시나 봐

파도머리가 마늘과 생강을 다지며 말했어요

—무슨 소리야? 그 아들 어디론가 이사 가고 소식도 없데

바람머리가 함지박에

쪽파무배추고추마늘생강젓갈에 소문까지 넣고 푹푹 버무린다

바람머리가 양념 무친 배추 잎을 파도머리의 입에 쏙 넣어주며 물었어요

―맛이 어때?

―아이고 매워, 너무 맵다

바람이 다시 맛을 보며

―간은 딱! 맞네 김장김치는 좀 매워야지 익으면 맛이
나는 거야

구름은 배추 한 잎을 쭉~찢어 꾹꾹 씹고요

TV에서는 동물원에서 탈출한 곰의 행방을 찾고 있는
데

번개가 말했어요

―야야 어제 하이에나에게 잡아먹히는 사자 봤어?

렌지 위에는 찌개가 끓고

냄새는 소문처럼 자꾸 밖으로 퍼지고

읽다

새한마트 입구 자루처럼
등을 동그랗게 말고 한 노인 앉아있다
그의 발밑으로 바람이 낙엽을 몰고 지나간다
무심하게 바람을 읽고 있는 그 노인
종종거리는 파마머리를 읽다가
턱수염이 삐죽 나온 남학생을 읽다가
천천히 담뱃불을 붙이며 걸어 나오는 사내를 읽다가
성경책을 옆구리에 낀 할렐루야 아줌마를 읽다가
딩동댕 피아노를 둘러메고 들어가는 아이를 읽다가
옷을 들고 사계절세탁소로 들어가는 젊은 남자를 읽다가
멍하니 그러나 깊게 그들을 읽고 있는 노인
들숨 같은 날숨을 건조하게 내뱉는다

이따금 하늘을 읽다가
양떼구름을 읽다가
어딘지 모를 먼 곳을 읽다가

건물의 한 부분처럼 앉아서

오래 비운 집

비스듬히 기운 문을 밀고 들어서자
오래된 시간이 풀썩 일어난다

2009년 7월이 삐딱 걸려 있다
그해의 기차는 소리 없이 달린다

모서리 깨진 액자의 먼지를 닦는다
모자 쓴 남자 옆에 여자, 아이가 웃고 있다
닦인 자리에 서 있는 여자가 나였던가

나팔꽃이 방을 들여다보고
얼룩진 배를 가르고 내려앉은 천장
파리똥이 은하수를 이룬 꽃무늬 벽 아래
5시 10분의 시간이 멍하니 누워 있다

재개발로 곧 사라질 이 집
곳곳에 보이지 않은 그녀가 숨어 있다
허물어진 담장 위의 능소화가
한쪽 눈을 뜨고 있다

꿈

어느 날부턴가 거실 벽에 붙은 뻐꾸기시계가 울지 않
았다
나는 뒤 뚜껑을 열고 울음을 집어넣는다
그제야 뻐꾸기는
뻐꾹 뻐꾹……
나는 맞은편 소파에 누워 뻐꾸기 소리를 들으며 잠이
들었다
밭둑에 칡넝쿨 서리서리 엉켜있었다
메밀꽃이 별처럼 고왔다
감나무 아래가 어둑어둑했다
어머니는 그곳에서 무얼 잡수시는 것일까
개미가 까맣게 어머니의 발등으로 모여들었다
아지랑이가 피어오르는 무논에서
아버지가 허리를 묻고 계셨다
하늘은 군데군데 파랗고 구름은 군데군데 발갰다
달그락 달그락 그릇 부딪는 소리가 들려왔다
뻐꾹뻐꾹……
"엄마~! 밥 주세요"
뻐꾸기 같은 아들이 문을 벌컥 열고 들어선다

어디?

불빛을 따라가십시오
이상한 곳이 나타나십시오
바다 같기도 하늘 같기도 한 곳에 나무들이 수초처럼
흔들리십시오
사람인지 물고기인지 부지런히 오고 가십시오
먹장어 세탁소에서 다리미가 칙칙 김을 뿜으십시오
열대어 미용실에는 말미잘과 산호초가 파마를 하십시오
자리돔 아저씨는 쓰레기를 모으십시오
꽃게 부부는 부동산에서 나오십시오
그 뒤를 따라 새우 아저씨가 나오십시오
사거리에는 욕설이 오고 가십시오
경찰은 등이 터지십시오
가자미들은 슬금슬금 피해 가십시오
신호등은 눈만 껌벅리십시오
그러거나 말거나 휙휙 지나가십시오
노련한 물고기들은

4부

한 잎의 벌레구멍

단풍 한 잎 주워들고 가만 들여다보라
물기 없는 그 한 잎의 얼굴을 보라
어떤 목숨이 갉아 먹은 자리가
동그랗게 창이 된 것을 보라
그 구멍에 눈을 대고 물끄러미 보라

지하 차고를 나온 차가 어디로 가는지
이삿짐 차는 어떻게 허공으로 짐을 올리는지

구멍 속의 놀이터에서 아이들이 어떻게 흙장난을 하는지
구멍 속의 벤치에서 젊은 엄마들이 어떻게 수다를 떨
고 있는지
구멍 속의 비행기 한 대가 허공에 밑줄을 그으며 어디
로 가고 있는지
구멍 속으로 지나가는 기차소리는 또 어디로 가는지

그러나 문득,
구멍에서 눈을 떼면
한 뼘 남은 해가 얼마나 눈부신지

펄럭이는 것에 대하여

강을 내려다보며 빨래 건조대를 펼친다
문득 그것, 뼈만 남은 새 같다
깃털 없는 새

나는 그 앙상한 날개 죽지에 빨래를 넌다
수건으로 깃털을 달고
브래지어로 새가슴을 만들고
양말로 새발을 만든다

열린 창문으로 강바람이 몰려온다
몸을 얻은 그것이 툭툭 펄럭이기 시작한다

멀리, 새들이 오르락내리락하는 남한강 쪽으로
자꾸 푸드득거린다

펄럭거리는 저것들이
물기를 다 걷고
얼마나 더 가벼워져야
이 작은 창을 박차고
한 강을 다 건너랴

발칙한 노래

지하철에서 노래를 만난다
땅 속의 속도로 흐르는 노래
선글라스 쓴 가롯 유다의 배신이 보인다

카타콤 같은 하모니카 주둥이가
까맣고 깊다
저 속에서
억압된 소리가 칸칸이 새어나와
노래가 되다니

오래 눌린 것일수록 소리가 높다

노래가 주춤주춤 길을 낸다
찢어진 청바지를 지나
모자 눌러쓴 취객을 지나
여자들의 수다를 지나
경전을 보는 노스님을 지나

그때, 나는 보았다

선글라스 속 흔들리는 눈동자를

지팡이 하나에 동전통 하나
막연한 신 하나
비겁한 신앙 하나

지하로 지하로 달리는 지하철의
마디마디가 모두 카타콤이다

안개

신새벽이었는데
아직 남은 어둠을 괄호 밖으로 툭툭 차며
구겨지며 지나간 발자국을 따라 강둑을 걷고 있었는데
방금 눈 뜬 안개가 휩싸고 있는 그 길은
마치 물짐승 한 마리가 아가리를 들고 있는 것 같은 그
길은
방금 전 가장 어두워진 얼굴로
물을 뚝뚝 흘리며 들풀들이 삼켜지고 있는 그 길은
자갈길이 삼켜지고
자전거 체인 소리가 삼켜지고
덜컹! 열차가 삼켜지고
한 여자와 다를 바 없는 울음이 삼켜지고 있는 그 길은
피부만을 가진, 안개라는 것밖엔 모르는
물짐승 속으로
천천히 걸어들어간 그 여자
소식이 없는 그 길은

소리들

내 안으로 소리들이 쳐들어온다
나는 청소기를 돌려 소리들을 빨아들인다
소리가 사라진 자리가 소리의 배경이다
어떤 감정은 스스로 소리가 되기도 한다
소리들의 배경은 분리수거할 수 없다
역주행 차의 경적 소리, 욕이 밥이 되는 소리, 내가 나
에게 소리치는 소리, 과거가 현재를 들이박는 소리
온갖 소음이 하나로
야금야금 내 안을 파고든다
악취를 풍기다가 갈퀴 발톱으로 기어오른다

소리는 다만 소리로 말하는데
소리와 소리 사이 간극이 생기는 것은
내 안을 오래 청소하지 못한 이유다

소리를 잠재우려
나는 무방비로 쳐들어오는 그것들을 빨아들여
백지에 가둔다 백지가 하얗게 질린다

틈새

반쯤 허물린 담장을 경계로 서 있는 벚꽃 나무 아래
이 빠진 항아리가 빗물을 삭히고 있네
그 안으로 벚꽃 잎이 날아드네

한때는 간장으로 된장으로 고추장으로
속을 채웠을 그가
금이 가고 깨어진 몸으로
이름 모를 풀들을 키우고 있네
곁에 선 철쭉의 젓 몽우리를 딴딴하게 하네
그 환한 것들의 뒤란을
오글오글 타오르게 하네

꽃바구니

나는 거실 장식장 위에 산다
뿌리가 없다
철을 모른다
나무껍질로 얼기설기 엮은 새 둥지 같은 것이 몸이다
스티로폼과 이끼를 품고 산다
안개꽃 한 다발과 붉은 장미가 셋 그리고 분홍 장미가
다섯
푸른 줄기와 잎 그리고 가시를 치켜들고 산다
명이 다할 때까지 물을 먹지 않아도 산다
대체로 한번 앉은 자리가 내 무덤일 수가 있지만
화려함이 본분이다
변하지 않음이 생명이다
그러나 변하지 않는다고 다 좋은 것일까
나는 불빛 아래에서 더 환하게 웃지만
웃음 아래는 얼마나 더 깜깜한지

진짜보다 가짜가 판치는 세상에서
근본이 없다고 철을 모른다고
한 번도 나비가 찾지 않는다고
저 꽃바구니는 꽃바구니가 아닌가?

그가 군에 가는 날

102 보충대를 향해 우리 가족은 여행을 간다
낯선 풍경들이 휙휙 지나간다
집이 지나간다 길이 지나간다 이정표들이 지나간다
산이 지나간다 묵직한 잿빛 구름덩이가 지나간다

춘천이 가까웠는지 소양강 처녀가 옷고름을 휘날리며
지나간다
어디쯤일까 우리는 점심을 먹는다

뭐 먹을까 특별한 거 뭐 없을까 춘천은 닭갈비야 난 아
무거나 상관없어 그가 말했다 그럼 닭갈비로 하자 여기
닭갈비 4인분요 그는 자리에 앉자마자 핸드폰에 고개 처
박고 킥킥거리고 a, 물티슈로 손을 닦으며 그를 물끄러
미 보고 y, 맹물을 벌컥 들이키며 그를 보고 b, 화장을
고치며 거울 너머로 그를 보고 써빙 K, 닭갈비를 볶으며
그를 보는 시간이다 b, 자 모처럼 사진 한판 찍자 그는
공연히 익살스러운 표정을 짓고 y, 공연히 그의 어깨에
손을 얹고 a, 공연히 그의 팔에 손을 걸고 b, 공연히 손
을 올려 V자를 만들고 써빙 s, 여기 보세요 찰칵!

그 사이 닭갈비 혼자 지글지글 익고
무슨 기별처럼 빗방울이 떨어지고
쓸데없이 천둥이 울고
그들은 다 식어버린 닭갈비를 꾹꾹 씹다가
y, 문득 서빙 K,에게

102 보충대 어디로 가요?

갱년기

더위의 한가운데를 보았습니다

키 큰 소나무들의 마을이 있었습니다
소나무마다 매달린 매미들이 있었습니다
배롱나무가 붉은 꽃을 터트리고 있었습니다
바싹 마른 화단에 원추리 꽃들이 시들고 있었습니다
꽃과 줄기 사이에 거미줄 한 채 걸려 있었습니다
그 아래, 줄지어 가는 개미떼들이 있었습니다

한 소나무의 둥치를 따라 눈으로만 쭈~욱 올라갔습니다
구름이 하늘을 펼쳐놓고 있었습니다
낮달이 농담처럼 흘러가고 있었습니다

'무더위의 한가운데'
라고 누군가 속삭였습니다

더위를 먹어 병원 가는 길이었습니다

날

오이를 썬다
조금 전 매장에서 다투던 뒤끝이 썰린다
그 틈을 기다렸다는 듯
서늘한 칼날이 생각의 모서리를 파고든다
순간, 몸 전체가 칼의 중심에 있는 것 같다

손가락 끝이 베이고
뒤끝이 베이고
머리끝이 쭈뼛 선다
그 사이 내가 뚝뚝 떨어져 내린다
가슴이 이상하게 아릿하다
생각이 뚝 잘린다

먹지 못하는 오이꼭지처럼
버려야 할 것들,
내가 날 선 칼이 되었다
그래, 날선 것은 무엇이든 베었다

찰칵

가족사진을 찍는다
사진사는 군관처럼 절도 있게 손을 뻗어 지시한다
아버님은 오른쪽으로 어머님은 왼쪽으로
주홍 니트는 엄마 옆으로 약간 틀어앉고
다홍 니트는 어머님 뒤에 서고
아드님은 아버님 뒤로 서고요
아버님은 고개를 약간 어머님 쪽으로 하시고요
어머님은 어깨를 쭉 욱 좀 펴시고요
주홍 니트는 엄마 쪽으로 기대듯 앉아보시고
아드님은 안경을 한번 벗어보시고
아, 아니다 끼시는 게 좋겠네
다홍 니트는 머리를 귀 뒤로 살짝 넘겨……
어디 봅시다
주홍 니트께서 이 의자로 바꿔 앉아 보시겠어요
네 좋습니다, 자 찍습니다
웃어요
여기 보시고
웃어요
웃으시라고요

움직이지 마시고 여기 보시고 하나 둘 셋,
찰칵!
다시 한 번
막 자랑하고 싶은 미소 알죠?
자 활짝! 더 활짝요오
좋아요 하나 둘 셋, 찰칵!

사진사 뒤로 왼발을 든 채 정지한 고양이 그림이 보인다
순간 포착의 우리처럼

만두를 빚으려면

먼저 소부터 만들어야 하리
묵은김치를 다져 꾹꾹 누르고 비틀고 국물을 짜야 하리
프라이팬에 다진 고기를 볶아 놓고
당면을 삶고 부추를 썰고 두부를 으깨야 하리
들기름도 한 국자 넣어야 하리
뻘건 고무장갑을 끼고 차지게 뭉쳐야 하리
아, 만두피도 만들어야 하리
밀가루 한 됫박 물 조금 설명서대로 섞어 넣고
밀가루가 물속으로 물이 밀가루 속으로
손가락이 반죽 속으로 반죽이 손등 위로 뒤범벅이 될
때까지
휘휘 젓고 탁탁 치대고 나긋나긋 주물러야 하리
반죽 덩어리를 밤톨만큼씩 떼어내 경단을 만들어야
하리
그것들 하나씩 홍두깨로 밀어 작은 보자기를 만들어야
하리
보자기에 소를 넣고 귀를 맞추고
꾹꾹 눌러 바람을 빼야 하리

펄펄 끓는 솥 안에서 만두가 꽃처럼 익는 동안
밖에는 바람이 불고 구름이 지나가야 하리
그렇게 한겨울이 다 지나가야 하리
그리고 그녀는 점점 더 깊이
만두 솥 곁으로 쪼그려 앉아야 하리

빨강머리 미용실

빨강머리의 손이 움직일 때마다 빨간 소리가 난다 내 머리칼도 붉게 피어서 바람에 흔들린다 바닥에 수북이 쌓여있는 나를 밟으며 빨강머리가 달린다 나의 머리에 크고 작은 로트를 조이고 부티에어가 비행접시처럼 빙글빙글 돈다 내 머리에서 빨간 열이 뿜어져 나온다 나는 무릎 위의 잡지책을 빨강으로 읽는다 미용실의 무료함이 무료하게 읽힌다 한 아가씨가 발을 까딱이며 딱딱딱 빨강 공기를 씹고 있다

등이 붉은 여자가 컴퓨터에 매달려 있다 커튼 안의 웃음소리가 붉다 탁자 위에는 종이컵이 하나 둘 셋 넷 파마약, 염색약, 샴푸, 헤어스프레이, 화장품, 커피 냄새
커피를 마신 나의 잠은 붉은 저녁이다 잠 속으로 요란한 벨 소리가 들어온다 순간 잠이 싹둑 잘린다 잠 밖에서 젊은 여자가 알아들을 수 없는 말을 나의 폰 속으로 집어넣는다 창밖에는 바람이 불고 TV에서는 빨강머리 같은 웃음소리가 흘러나온다 빨강머리가 손거울로 한 번도 본 적 없는 내 뒷모습을 보여준다 뒤통수의 적막이 빨갛다

친구

우리, 손뼉치며 깔깔거리던 때 언제였나
초가 지붕이 슬레이트 지붕 되고
슬레이트 지붕이 콘크리트 되고……
지구는 돌고 물은 흘러도 그림자는 흐르지 않네

저 사진 속에 얼굴들도 흐르지 않네
상훈, 기태, 현이, 순자, 갑연이…
여전히 구릿빛 얼굴로 나를 보네
구구단 잘잘잘, 잘도 외우던
전교 회장 장환이 과학 선생님 되고
부회장 영실이는 교감이 되고
나머지 공부하던 앞집 순심이는 어디에 사는지……

"아……아~ · 안녕 하하…… 하십니까?"
지지직거리는 라디오 볼륨 키워 듣던 우리
산그림자처럼 흐르지 않았네
선생님, 저요!
문득 사진 속 한 아이가 손을 번쩍 드네

푸른 것들

비가 온다기에 서둘러 참깨밭으로 갔네
같은 날 뿌렸어도 제각각 나온 녀석들이
푸른 골을 이루고 있네
그 옆에는 망초 명아주 참비름 바랭이
깨풀 같은 것들 두서없이 돋아
깨 싹들과 키를 겨루고 있네
푸른 것들과 푸른 것들과 푸른 것들 사이
가장 우뚝 푸른 명아주 한 놈 잡고 끌어내는데
물색없이 깨 싹 한 놈이 같이 딸려 나오네
문득 가라지는 왜 가라지이고 깨 싹은 왜 깨 싹인가
흥얼거리다 다시 잡초들의 머리채를 잡아채는데
우두둑 머리만 뽑히는 놈
줄기가 끊어지는 놈
뿌리가 끊어지는 놈
통째 끌려나오는 놈
하나같이 흙투성이네
그 밑에 개미들 우왕좌왕 부산을 떠네
깨밭 너머 보리밭

보리밭에 숨은 바람은 사람의 길로 가는데
이 푸른 것들은 어느 길로 오는가

6월

콘크리트 벽에 담쟁이 기어오르고 있었다
오르는 것만이 길이라 여기는지
어느 날 그 자리 담쟁이 몽땅 뽑혀있고
인기배우 한 사람 커피를 마시는 포스터 걸렸다
웃기만 하는 그 배우 커피에서 계속 김만 모락모락 올
라온다
하늘은 유난히 맑고 흰구름 몇 장 선명하게 걸려 있다
6월, 하늘, 구름, 붉은 벽, 담쟁이, 인기배우,
붉은 신호에 걸려 있는 나, 나

해설

어느 슈퍼우먼의 즐거운 감옥

이 경 림(시인)

과연 시란 무엇일까? 많은 사람이 시를 '언어로 지은 사원' 정도로 정의를 내리곤 한다. 물론 맞는 말이다. 그러나 적지 않은 세월 시를 써 오면서 그 정의는 충분치 않다는 생각이 든다. 처음 멋모르고 시에 덤벼 어쭙잖은 자신의 시에 취해 어쩔 줄을 모르던 시절을 지나 그게 뭔지 조금 알 것도 같아 그저 미친 듯 덤벼들던 시절을 지나며 이제 생각해 보니 시는 그저 시 아니면 아무것도 아닌 그 무엇이더라고 쓴웃음을 짓는 시절에 다다랐다. 그 아무것도 아닌 무엇이, 그 무엇이라 표현할 수도 없는 무엇이, 공기 같기도 하고 우주 같기도 하고, 꽃 같기도 하고, 똥 같기도 하고, 성폭행자 같기도 하고 성자 같기도 하고 굴러다니는 돌멩이 같기도 한 그것이, 죽어도 버려지지 않는 그것이, 어느 땐 바위덩어리처럼 무거워 갖다버리고 싶다가 어느 땐 첫사랑처럼 애틋하게 그립

다가, 첫 섹스처럼 느닷없고 황당하다가, 어느 날은 낯도 모르는 하느님처럼 그저 마주앉아 물끄러미 서로를 바라보다 함께 잠에나 들었으면 하는 시절에 다다랐다. 그러나 나는 여전히 시가 무엇인지 모르고 어떻게 써야 할지 모르는 맹무니 초보자에 불과하다. 그것은 아마도 이생의 끝 날에 이르러도 같을 것이다.

아르헨티나의 작가 보르헤스의 단편, 신의 글은 시를 만나는 과정을 소설로 쓴 일종의 시론인데 그는 그 소설에서 인간(시인)을 독방에 갇힌 죄수로 설정한다. 입구도 출구도 없는 감옥은 끝이 없는데 그 가운데 거의 하늘에 닿을 듯 높이 쌓인 둥그런 벽이 있고 그 바닥 가까이 쇠창살이 달려 있는 작은 문이 하나 있다. 그곳을 통해 주인공은 반대편 감옥을 볼 수 있는데 거기에는 재규어 한 마리가 살고 있다. 정오가 되면 하늘의 문이 열리고 간수인 듯한 자*가 물고기 몇 마리와 빵 몇 조각이 든 바구니를 내려보내 준다. 그 속에서 주인공은 매일 그 작은 문을 통해 재규어의 몸에 그려진 줄무늬를 관찰하는 일로 하루를 보낸다. 왜냐하면 그는 신이 세상을 만들 때 마지막 날을 위해 무언가 남긴 메시지가 있을 것이라 생각하고 그것을 새겨 놓을 장소는 영원히 사라지지 않을 존재들의 몸일 거라 생각한다. 그런데 산과 나무 바위 등 온갖 자연들은 모두 변하고 사라지는 것이어서 오래가지 못할 거라는 결론을 내리고 짝짓기를 하고 자손을 낳으며 생육하고 번성하는 존재만이 영원할 거라 생

각하고 그중 하나인 제규어의 줄무늬에 신의 글을 새겨
놓지 않았을까 생각하고 관찰하기 시작한다. 그리하여
그는 많은 날을 재규어의 몸에 난 줄무늬를 관찰하고 기
록하는데 보낸다. 그리고 언뜻 보기에 같아 보이는 줄무
늬도 매일 매시간 다르다는 것을 발견한다. 그러나 그
중 어떤 것이 신의 글인지 도무지 알 길이 없어 그는 괴
로움으로 몸부림친다.

이 이야기를 시인에게 대입해 보면 독방에 갇힌 죄수
는 시인이며 재규어는 시적 대상이라 할 수 있겠다. 같
은 줄무늬도 보는 각도에 따라 시간대에 따라 다르게 보
이기 때문이다.

그런데 그가 바라보는 작은 창은 바닥에 닿을 듯 낮은
곳에 설정되어 있다. 왜일까? 나는 그것이 대상을 보는
시인의 겸손한 마음을 이야기한 것이 아닐까 생각된다.
소설에서 주인공인 죄수는 온갖 고통을 겪으며 노력하
지만 신의 글을 발견하지 못한다. 그러던 어느 날 문득
재규어의 몸 자체가, 혹은 자기 자신이, 아니 자신처럼
형상形狀을 가진 온갖 존재들이 신의 글일지도 모른다는
깨달음에 이른다.

이 소설에서 그가 말하는 것처럼 인간은 누구나 자신
이라는 독방에 갇힌 죄수인지도 모른다. 그렇게 보면 그
가 그리고 있는 감옥은 인간뿐 아니라 이곳에 잠시 나타
난 모든 존재에 해당된다고 할 수 있겠다. 크게는 지구
라는 감옥에 작게는 자신이라는 독방에 갇힌 종신형의

죄수들! 그런데 재미있는 것은 현실의 이 감옥이 각고의 노력으로 자신이 만든 감옥이라는 것이다. 어떤 이는 가족의 생계를 위해 어떤 이는 자신이 추구하는 학문을 위해, 예술을 위해, 부를 위해 명예를 위해…… 명분은 각기 다르지만 결국 인간은 스스로 지은 감옥에 갇혀 살아가는 존재임에 틀림없다. 현대인들의 선망의 직업인 의사를 예로 보자. 그 직업을 얻기 위해 그는 이 유한한 생에서 십수 년이란 시간을 마치 위 소설의 주인공이 재규어의 몸에 새겨진 줄무늬에서 신의 글을 찾느라 긴 세월을 바치는 것처럼 나름 각고의 시간을 바쳐 목적을 이룬다. 그러나 막상 그 후의 삶을 보면 좁게는 서너 평, 넓게는 대여섯 평의 진찰실 안에서 한 발도 벗어나지 못한 채 자신의 생 대부분을 보내게 되는 것을 볼 수 있다. 그렇게 우리는 자신이 누구인지 지금 무엇을 하고 있는지 한번 되돌아볼 사이도 없이 어쩌면 덜컥 생의 마지막을 맞을 수도 있는 것이다. 그때 그에게 혹은 우리에게 그 서너 평의 진찰실, 혹은 직장 혹은 아틀리에, 작가처럼 슈퍼마켓 등은 과연 무엇이었을까? 아무도 각고의 노력으로 이룬 그 장소 혹은 직책들이 자신의 감옥인 줄 모른 채 살아가는 것이 또한 이생의 비의이다. 그리하여 존재는 세세손손 자긍심을 가지고 자신의 감옥을 만드는 일에 생을 바치게 되는지도 모른다. 그것이 생生이라는 미궁이 가진 아이러니이기도 하니까.

김미옥 첫 시집인 『어느 슈퍼우먼의 즐거운 감옥』은 제목이 시사하는 바처럼 시인의 일터인 한 지하슈퍼에서 일하며 만나는 사람 사물 혹은 이런저런 사건들을 쓴 시들이다. 그는 다른 모든 직업인처럼 자신이 만든 감옥인 그 반지하 슈퍼에서 하루의 대부분을 보낸다. 아이러니하게도 그는 시인이기까지 하다. 해서 남들에게 일용할 생필품 혹은 양식이 되는 것들이 그의 시적 대상, 즉 그의 재규어가 된다. 그는 남들처럼 각고의 노력으로 얻은 즐거운 그의 감옥인 슈퍼에서 종일 진열된 물건들을 관찰하고 값을 기억하고 이런저런 손님들을 만나고 그들의 행동을 주의 깊게 관찰하며 거기에 숨어 있는 신의 글, 즉 시를 찾아내려 애쓴다.

다음의 시에는 문득 그에게 온 시를 받아 적느라 손님이 오가는 것도 야채들이 다 시들어 빠지는 것도 모른 채 몰두하고 있는 한 시인을 쓰고 있어 흥미롭다.

나는 시를 쓰고 있다
시인지 아닌지도 모르는 것들을
시인지 아닌지도 모르면서 쓰고 있다
반지하 슈퍼마켓 계산대에 앉아 시를 쓰는 나는
누가 계단을 내려오는지 올라가는지도 모르는 나는
아아, 시를 쓰고 있다
안녕하세요 모자 쓴 여자가 출입문을 밀고 들어온다
아아, 어서 오세요
나는 웃었던가 고개를 까딱했던가 그러나

아아, 나는 시를 쓰고 있다
여자의 얼굴에서 순간 웃음이 사라졌던가
볼펜을 얼른 놓고 일어나며 나는 다시 어서 오세요 했던가
(콩나물 주세요!) 가시가 돋친 말이 날아왔던가
나는 죄 없는 콩나물 대가리를 움켜잡고 뽑으면서
내가 왜 이러지, 미쳤군, 아아 안녕히 가세요 했던가
여자는 웃지도 않고 돌아갔던가
누가 들어와도 나가도 가게 안을 다 돌아다녀도
아아, 나는 시를 쓰고 있다
계란, 두부, 오이, 상추, 삼겹살, 콩나물값을 계산하다가도
아아, 나는 시를 쓰고 있다
아아, 안녕히 가세요
형광등 불빛 아래 다듬지 못한 야채가 시들어가도
과일이 짓물러 터져도 바닥에 쓰레기가 산더미로 쌓여도
그것들이 다 시라 생각하며
아아, 나는 시를 쓰고 있다.

— 「반성反省」 전문

　호시탐탐 신의 글을 읽으려 두리번거리는 시인의 모습
이 적나라하게 드러나 있는 위의 시에서 우리는 존재현
상 속에서 시를 발견하고 받아 적는 일이 결코 호락호락
한 일이 아님을 알 수 있다. 그가 현실 속에서 슈퍼 주인
으로서 세속적인 계산을 한다면 마땅히 시들어가는 야
채나 짓무르는 과일, 바닥에 쌓인 쓰레기에 신경을 써야
마땅할 것이다. 그러나 그때 그 순간, 그는 신의 글을 받

아 적는 사제(시인)로서의 사명이 자신도 모르게 덧씌워져 시들어 가는 야채에서도 짓무르는 과일에서도 하물며 쓰레기에서도 아무도 보지 못하는 신의 메타포를 발견하게 되고 그것들을 받아 적는 일만으로도 벅차 현실까지 신경을 쓸 여유가 없는 것이다. 그러나 현실은 지엄한 것, 자꾸 현실에서 멀어(?)지는 자신에게 다짐하듯 주문을 건다 '아아 반성하자' 하고.

위 시는 분명 일반인이 보면 어느 슈퍼 여주인의 정신 나간 짓거리인데 독자에겐 그의 행동이 전혀 이상하지 않고 오히려 흥겨운 놀이처럼 느껴지는 것은 무슨 까닭일까? 아마도 그것이 김미옥 시인이 가진 긍정적 identity가 아닐까 생각된다. 그는 매우 지혜로운 시인이다. 그는 절대로 자신이 처한 현실, 즉 자신의 감옥을 부정적으로 생각하지 않는다. 오히려 그는 몇십 평의 그 지하 슈퍼에 꼼짝없이 묶인 자신의 옹색한 현실을 최대한 즐긴다. 그는 그곳을 즐거운 감옥이라 생각하는 듯하다. 그리하여 그의 시는 빠른 템포의 춤같이 흥겹고, 즐거운 빗방울처럼 통통 튄다.

   랄랄라, 비가 내려요 좋아서 그냥 좋아서 고양이 백오십 마리 그려진 우산을 쓰고 랄랄라, 골목길을, 골목길을, 랄랄라 백오십 마리 고양이들이 젖어요 검정 노랑 하양 얼룩으로 랄랄라, 고양이들은 가벼워 유리구슬처럼 미끄러지죠 백오십 아니 천오백 마리 고양이가 랄랄라 또르륵 또르

륵 굴러내려 담장 아래 봉숭아 씨방을 툭툭 건드려요 랄랄
라 검은 씨앗들이 와르르 달아나요, 랄랄라 빨강 하이힐을
신고 모퉁이를 돌아가요 골목이 텅 비었는데 랄랄라, 남
양군도에서 태풍이 올라오고 랄랄라, 골목길은 미리 물바
다, 물을 튀기며 오토바이 같은 시간이 랄랄라, 천오백 마
리의 고양이들이 뽀얀 물보라로 날아가요 랄라라, 나팔꽃,
나팔꽃이 울타리를 만들고요 깜빡 백오십년이 날아가도
골목길은 끝나지 않고요 고장난 가로등이 대낮에도 고양
이 눈을 하고 깜빡, 깜빡깜빡

—「랄랄라」전문

위의 시는 어느 비 오는 날의 출근길을 묘사한 것인데
그가 얼마나 밝고 순수한 정서를 가진 시인인지 잘 나타
나 있다. 그의 상상력은 자유롭고 거침이 없어 독자를
즐겁게 한다. 위 시를 예를 들면 비에서 출발한 이미지
가 우산에 그려진 고양이 백오십 마리와 함께 빗방울로
흘러내리고 빗방울은 다시 흘러내리는 유리구슬이 되고
달아나는 고양이가 되고 톡, 터지는 봉숭아 씨방이 되고
달아나는 검은 씨앗이 되고, 우산을 든 여인의 빨강 하
이힐이 되고 급기야는 태풍이 되고 태풍은 물보라를 일
으키며 달아나는 오토바이 같은 시간이 되고, 물보라의
시간은 다시 백오십 마리의 고양이를, 천오백 마리의 고
양이로 확산시킨다. 그러나 그것은 결코 끝나지 않는 한
골목의 일인데 알고 보면 그것들은 결국 고양이 눈 속

같은 것.

언뜻 서로 아무 상관 없는 듯한 이미지들이 비 오는 날이라는 이미지를 잡고, 물고 물리며 극사실을 끌고 가는 이 시는 가벼운 듯 보이지만 만만치 않은 사유의 나비 효과를 가져오는 시라 할 수 있다. 또 다른 시 한 편을 보자.

넓따란 당근밭이었는데요
당근들이 줄지어 서 있었는데요
당근들이 가방을 메고 어딘가로 몰려가고 있었는데요
한 당근이 휙 돌아보며
어이 당근! 빨리 따라와
부르지 않겠어요?
나?
부지불식간 당근 걸음으로 따라갔는데요
전속력으로 걸어도 다른 당근들보다 자꾸 뒤처지지 뭐예요
가방은 무겁고
열어보면 백지만 잔뜩 들었는데요
쏟아버리면 채워지고 쏟아버리면 채워지고……
애꿎은 백지만 자꾸 불어나는데요
백지가 내 발목을 덮고 무릎을 덮고 허리를 덮고 가슴을 덮고
목까지 차올랐는데요
그때 그 발끝에서 얼굴까지 불과 몇 초였는지
천지가 당근이었는데요

소리를 질러도 당근은 입만 벙긋거리는데요
어떤 손이 나의 푸르른 머리채를 휙 잡고 마구 흔들지
않겠어요?

엄마, 당근 어딨어?

—「새마을 지하 슈퍼」 전문

위 시에는 시인이라는 케릭터와 한 지하슈퍼의 주인이
라는, 아무래도 삐거덕거릴 것 같은 두 캐릭터를 함께
지니고 살아야 하는 시인의 애환이 우스꽝스러운 상황
으로 나타나 있어 재미있다. 슈퍼라는 공간은 현대인의
생활을 한눈에 볼 수 있는 공간, 주된 상품은 푸성귀나
생선 육류 인스턴트 가공식품 등등일 것이다. 그는 그
속에 마치 푸성귀나 생선처럼 놓여 있는 자신을 깨닫는
다. 당근과 동격으로 놓여 있는 자신! 그러고 보니 세상
은 온통 당근밭이었다고 그는 생각한다. 그리고 자신이
당근인 것을 깜박 잊어버리고 시를 쓴다고 가방에다 뭘
좀 끌쩍거린 종이를 넣고 시인이라 불리는 당근들과 어
깨를 나란히 하고 가려 애썼는데 아무리 속도를 맞추려
해도 당근 걸음으로밖에 못 가고 전속력으로 걸어도 자
꾸 뒤처지더라고…… 그때의 고달픔을 그는 "가방은 무
겁고 열어 보면 백지만 잔뜩 들었고 애꿎은 백지만 자꾸
불어나더라"고 슬프게 고백한다. 그러나 금세 그는 손을
툭툭 털고 현실로 돌아온다. 그런 상황에서 그는 금세

위트가 넘치는 말로 기분을 전환시킬 줄 아는 지혜를 가지고 있다.

"어떤 손이 나의 푸르른 머리채를 획 잡고 마구 흔들지 않겠어요?/ 엄마, 당근 어딨어?"

살아가면서 자신의 처지에 백 퍼센트 만족하는 사람은 많지 않다. 때로 분노에 떨기도 하고 때로는 슬픔에 잠기기도 하면서 생이라는 미궁은 심연처럼 깊고 아득해지고 때로는 허공처럼 허허로워지기도 하는 것이다.

야!
슈퍼 아줌마는 시 쓰고 책 보는 것도 허가 내야 하는 거야
슈퍼 아줌마는 그저 시든 야채나 다듬고
슈퍼 아줌마는 그저 생선 대가리나 자르고
슈퍼 아줌마는 그저 털 없는 닭이나 토막 내고
슈퍼 아줌마는 그저 과일 탑이나 쌓고
슈퍼 아줌마는 그저 시계바늘같이 하루를 돌고 돌고

슈퍼 아줌마다운 게 도대체 뭔데?
당신들께 밥을 달랬나 떡을 달랬나 서방을 빌려 달랬나
네거리에서 홀랑 벗고 춤을 추었나 돈을 떼 먹었나
어디 쑥덕거려봐!
오줌발을 확 날려 줄 테야

허공에 펄럭이던 다 찢어진 깃발 같고
배고픈 일개미 같은 슈퍼 아줌마지만

리스본행 야간열차의 주인공처럼 정부와 함께 어디론가
홀쩍 떠나고도 싶은 슈퍼 아줌마지만
단풍 구경 가듯 책도 읽고 싶고
도대체 당할 재간이 없는 젊은 시인들을
책 속에서라도 기웃거려 보고 싶은데

당신들, 번개처럼 달려와 고무줄 끊어버리는 머슴애들
같이 굴지 말고
나 좀 봐 주면 안 돼?
당신들이 방해하지 않아도
나 스스로 방해꾼이 되고 있는데

슈퍼 아줌마는 슈퍼 아줌마처럼 중얼거리며
모퉁이 하나를 통과하고 있다
　　　　　　　　　　—「가만있는데 왜 지랄들이」 전문

　위의 시에는 시골 마을에서 작은 지하 슈퍼를 운영하
는 여자가 시를 쓴다는 것이 그들이 보기에는 아무래도
이상한 짓거리였으리라. 쑤군대고 빈정거리며 훼방을
놓는 그들에게 분노하며 이렇게 자신에게 푸념을 한다.
자신도 "허공에서 펄럭이던 다 찢어진 깃발 같고/ 배고
픈 일개미 같고/ 리스본행 야간열차의 주인공처럼 정부
와 함께 어디론가 훌쩍 떠나고도 싶고/ 단풍 구경 가듯
책도 읽고 싶고/ 도대체 당할 재간이 없는 젊은 시인들
을/ 책 속에서라도 기웃거려 보고 싶은" 똑같은 욕망을

가진 사람이라고.

마지막 연에서 이런 투덜거림조차 퇴근길, 길모퉁이를 돌며 중얼거리는 독백이라는 걸 알면 시인의 절망스런 절규가 느껴져 씁쓸함을 금할 수 없다.

위의 시들이 그의 일상을 재미있게 희화시킨 시들이라면 다음의 시는 현상을 통해 존재의 본질에 대해 진지하게 질문을 던지는 시여서 그가 결코 가벼운 시인이 아님을 보여주고 있다.

지난가을이었던가? 그분은 투명비닐 한 겹 걸치고 우리 집 베란다로 이사를 오셨지요, 그 후 그분, 거기서 무얼 하고 계셨는지 아무도 관심조차 없었죠. 추운 베란다 마을의 일이니까요 그리고 또 봄이 왔죠 어느 날 베란다 마을을 기웃거리는데 글쎄 그분이 정수리에 분노 같기도 절망 같기도 또 희망 같기도 아니 아니 어쩜 딱 무의 이파리 같기도 한 푸른 싹을 내밀고 그 속에 또 한자나 되는 꽃대를 밀어 올리고 있지 않겠어요? 연보라빛 꽃 한 송이를 피리어 드처럼 피워 놓고! 얼마나 진을 빼셨는지 작년에 걸치고 오신 비닐 옷이 헐렁해지도록 여위어 있었죠. 가까스로 벽에 기대어 서 계신 그분 어깨에 손을 얹자 그만 풀썩 주저앉아 버리셨지요. 보랏빛 꽃 이파리가 사방으로 흩어졌지요. 마지막 숨을 몰아쉬고 있는 그분의 발밑으로 쭈글쭈글한 저녁이 지나가고 계셨지요

—「무」 전문

시인은 어느 날 무를 비닐에 싼 채 베란다에 내놓고 깜빡 잊어버린 채 겨울을 보낸다. 어느 날 보니 비닐 속에 담긴 무가 싹을 틔우고 보랏빛 꽃까지 내밀고 있어 만져 보니 몸체는 모두 썩어 풀썩 내려앉고 만다. 겨울이면 흔히 볼 수 있는 평범한 이야기. 그러나 그 속에는 이 땅에서 살아가는 모든 존재의 길이 그대로 들어 있지 않은 가. 이때 무의 일생은 인간의, 아니 모든 존재의 한 생과 다르지 않다. 새로운 생명. 즉 또 다른 자신을 밀어 올리느라 제 몸이 썩어 없어지는 중인 줄도 모르는 것이 이 땅에 나투어진 존재들의 숙명이기 때문이다. 재미있는 것은 '무'라는 제목이다. 시인은 실제 먹는 무를 쓴 것이겠지만 필자는 그것이 무無라는 이미지와 이중적 이미지로 읽히니 재미있지 않은가? 무라는 이름을 가진 존재자가 무無가 되는 과정이 바로 이 시에 나타난 현상이 보여주는 메타포이기 때문이다.

시는 읽는 자의 것인지도 모른다. 독자의 해석이 다양할수록 그 시의 스펙트럼은 크다고 생각할 수 있으리라. 시인은 끊임없이 관찰하고 회의하고 질문하며 이생이라는 알 수 없는 시공을 통과하고 있는 여행자들이다. 그들은 현실이라는 현상을 통해 그 너머를 현현시키는 창조적 작업자들이다. 그들은 매 순간 자신과 우주 앞에 홀로 서서 순간순간 달라지는 우주를 아니 자신을 매의 눈으로 관찰하고 기록하지 않으면 안 되는 운명을 가진 필경사들인지도 모른다.